LE BAL MANQUÉ

OU

CROUTIGNACH EN RÉVOLUTION,

POEME

HEROÏ-COMIQUE EN TROIS CHANTS,

PAR QUELQU'UN QUI N'Y ETAIT PAS

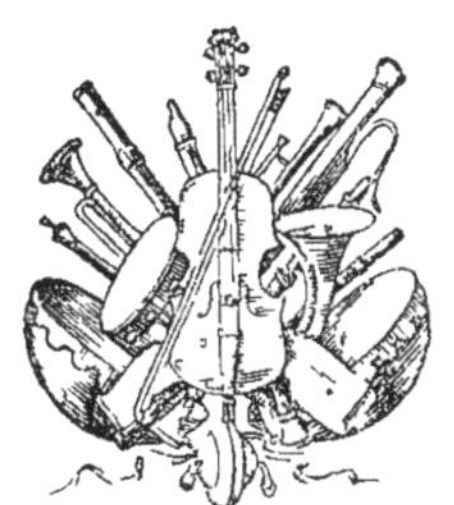

A PARIS,

CHEZ GARNIER FRÈRES, LIBRAIRES, PALAIS-ROYAL, 215 BIS.

A STRASBOURG ET COLMAR,

CHEZ LES PRINCIPAUX LIBRAIRES.

1845.

O rage ! ô desespoir ! ô terriple anarchie ! N'ai-je donc tant vécu dans cette monarchie,	Sympôle de l'honneur de la soumission, Que pour être temoin d'une sédition !

LE BAL MANQUÉ

OU

CROUTIGNACH EN RÉVOLUTION,

POÈME

HÉROÏ-COMIQUE EN TROIS CHANTS,

PAR QUELQU'UN QUI N'Y ÉTAIT PAS.

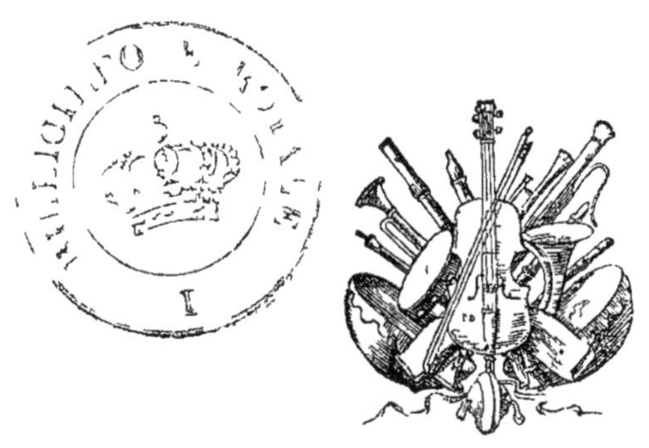

A PARIS,

CHEZ GARNIER FRÈRES, LIBRAIRES, PALAIS-ROYAL, 215 BIS.

A STRASBOURG ET COLMAR,

CHEZ LES PRINCIPAUX LIBRAIRES.

1845.

LE BAL MANQUÉ,

ou

CROUTIGNACH EN RÉVOLUTION.

CHANT PREMIER.

O TOI chantre malin, favori du Parnasse,
Ami de Junéval et confrère d'Horace,
Dont la muse enjouée exhalait de beaux vers
Pour fouetter de ton temps le goût et les travers,
Toi qui même sur rien faisais une satyre,
En agitant gaîment les cordes de ta lyre,
Boileau! que ne peux-tu renaître près du Rhin
Pour composer encore un deuxième lutrin!

C'est là sous le canon d'une place frontière,
Enceinte par Vauban d'une triple barrière
De bastions tressés en espèce de sac,
Qu'existe un petit coin appelé Croutignach.
Dans ce lieu reculé rien d'une grande ville :
Des maisons au cordeau que cimente l'argile,
Montrent aux yeux déçus un nid de régiments;
C'est moins un joli bourg qu'un trou sans ornements.
Là, point de ces plaisirs dont le royaume abonde,
De cette gaîté folle en France si féconde;
Pas le moindre traiteau, point de salle de bal,
Nul café somptueux, ni de Palais-Royal :
Le seul amusement qu'on trouve sur sa route,
Est la chope* de bière et le plat de choucroute :
Aussi malheur à l'homme, amateur du plaisir,
Qui vient à Croutignach y passer son loisir :
Plus à plaindre cent fois que le pauvre Tantale,
Il n'y voit rien de bon dans tout ce qu'on étale.

Une autre jouissance en ce pays maudit,
Est le goût des cancans et l'amour des *on dit*.
De rien on fait beaucoup, de beaucoup peu de chose;
Surtout avec fureur on bavarde et l'on glose;
Enfin du bon Picard **, passant la fiction,
C'est sa petite ville en complète action.

* Grand verre d'Alsace dans lequel on sert la bière.
** Auteur de l'excellente comédie intitulée *la Petite ville*

Partant, la garnison qui comme d'ordinaire,
Y bâille largement et ne sait trop que faire,
Voulut, l'hiver dernier, organiser un bal,
Malgré l'inconvénient de trouver un local,
Et chercha dans les siens un galant commissaire,
Pour monter dignement une fête si chère.
On sent qu'en un pays jaloux de tout succès,
C'était charge critique et pénible à l'excès.
Aussi les officiers du troisième de ligne,
Auteurs déterminés de ce projet insigne,
Jetèrent-ils les yeux sur leur confrère Osmard,
Jeune homme entreprenant, sous-lieutenant chicard.

Le voilà donc commis à travers les obstacles,
Implorant Terpsichore et ses divins oracles.
Muni d'une pancarte où doit mettre son nom
Tout ce qu'en Croutignach possède du renom,
Il court d'un pas léger, fredonnant un quadrille,
Aux quatre coins du bourg où quelque luxe brille,
Propose de souscrire, exhibe son mandat,
Et reçoit chaque nom battant un entrechat.

Jusque-là tout va bien, si bien que sans rature,
L'Hospodar * satisfait donne sa signature,
Que les belles du lieu caressant le projet,
Soupirent au penser de ce grave sujet
Et que cherchant bientôt une robe coquette,

* Personnage important de Croutignach.

Elles mettent la main à leur fine toilette.
Mais hélas ! pas de salle et ce besoin réel,
Quand on ne veut danser sous la voûte du ciel,
Devient le nœud gordien d'une chevalerie
Qui n'étant qu'au berceau sent fort la raillerie.

Cependant un café qu'on appelle *le Grand*,
Prétend en fait de bal avoir le premier rang
Pour louer aux danseurs une salle propice,
Bien qu'elle soit vraiment un terrible supplice.
La dame du logis, maîtresse du tripot,
Avant ce bon métier dépeçait le gigot;
Mais laissant du couteau la sanglante parade,
Elle trouva meilleur d'offrir la limonade,
Dans l'espoir vaniteux que cousine au Flandrin,
Qui vit en Hospodar dans ce trou près du Rhin,
Les chalands de l'endroit rempliraient sa boutique,
Et deviendraient pour elle une bonne pratique.
C'est même pour les frais imposés aux danseurs
Par l'ancienne bouchère et tous ses assesseurs,
Que ce puissant cousin voyant du bénéfice,
Souscrivit le premier par un pur artifice.

D'autre part dans la place existe un beau salon,
Digne de recevoir un dieu tel qu'Apollon :
Du commandant en titre il est la dépendance
De l'hôtel somptueux que lui fournit la France.
Instruit de la détresse où se trouve le bal,
L'honnête gouverneur imitant Annibal,

Transforme sa demeure en nouvelle Capoue,
Et l'offre galamment à ceux qui font la moue.

Les voilà donc enfin comme l'heureux Pâris,
A qui l'excès de biens causa de grands soucis.
Deux salles à la fois dans ce petit village!....
Vraiment c'est un prodige en ce lieu si sauvage.
Que vont faire ébahis nos braves officiers,
La perle des danseurs, l'or pur des chevaliers,
Eux dont la noble épée et la fière épaulette
Rougiraient de danser au sein d'une guinguette?
Iront-ils s'enfoncer dans le réduit obscur,
Qui sert au *Grand café* de vestibule impur;
S'y rafraîchir hélas! avec la bière noire
Qu'un forçat altéré répugnerait de boire;
Y prendre du sorbet bouillant, empoisonné,
Que paye au poids de l'or le buveur étonné;
Ou bien s'établissant à l'hôtel de la place,
Dans son brillant salon que nul autre surpasse,
Verra-t-on leur phalange y valsant mollement,
Sous des lambris dorés servant de firmament,
Savourer à longs traits un nectar délectable,
Tel que l'Olympe en boit à sa divine table,
Et goûtant des plaisirs dignes des plus hauts lieux,
Se transformer en rois et devenir des dieux?

Certes en pareil cas le choix était facile,
Et l'intendant Osmard à l'offrande docile,
Arrête qu'en l'hôtel le bal s'installera;
Que chez le commandant sa troupe dansera.

Mais la pomme jetée, ô fatale discorde!
Devait de Croutignach détruire la concorde.
L'ex-bouchère apprenant le ruineux abandon
Où vont tomber son trou, sa cave et son bidon,
Hurle comme un chacal dont on ravit la proie :
C'est Achille en jupon lors du siége de Troye,
Ou plutôt tout l'enfer indivis, incarné,
Dans le corps furibond de cet être damné.

Flandrin, son cher parent, Flandrin le dur corsaire,
Qui pour elle comptait sur un large salaire,
Du désappointement partage le courroux
Et dans tout Croutignach agite les verroux.

Figurez-vous un être à la longue encolure,
Plus maigre qu'un coucou, laide caricature,
Dont l'esprit arrondi tient du Sancho-Pança,
Les mollets du chapon, la tête du boa.
Joignez à ce portrait l'aspect non moins comique
De son adjoint *Nabot*, personnage mimique,
Qui se plaît à singer les grimaces du chef
Pour avoir gravement son burlesque relief;
Petit fat orgueilleux à la figure juive,
Portant badine en main, distillant l'invective,
Bien qu'en personne il soit un chétif avorton,
Digne d'aller trouver son frère à Charenton.
Enfin à ce duo, frappant d'exactitude,
Joignez encore un tiers, vrai de similitude,
Pour donner au pinceau du joyeux Gavarni,
Un modèle de plus dans le *Charivari* :

C'est le bec du Mayeux qu'une nature ingrate,
A pétri de travers du toupet à la pate,
Le magister *Chausson*, terreur de son ressort,
Qui pour prêcher la paix met tout en désaccord.
A sa taille échinée et Lilliputienne,
A son chef monstrueux, image de Silène,
Aux deux fils décharnés soutenant son culot,
Qui ne voit clairement que c'est un vrai magot?

Se liguant tous les trois contre la salle offerte,
Et donnant au pays une subite alerte,
Ils jurent sur le Rhin en ton de *si* bémol,
Que le bal aura lieu dans l'obscur entresol;
Que tout Croutignacien à l'ordre réfractaire,
Sera perdu, damné, félon et téméraire,
Si se laissant gagner par le fougueux Osmard,
Il suit dans le salon son rebelle étendard.

Bientôt de leurs parents la nombreuse lignée
Se met en action, se soulève indignée :
Pas danser, s'écrient-ils, enflammés de dépit,
Pas danser dans le lieu que l'Hospodar choisit!....
Déserter le café de l'aimable cousine,
Si soigneuse et si bonne à remplir la chopine!
C'est affreux, c'est cruel, ô fatal dénoûment!
Verra-t-on ses amis lui causer ce tourment?
Quoi! nous Alsaciens, nous ses compatriotes,
Nous irions la priver de vendre ses griottes *,

* Cerises à l'eau-de-vie.

De louer son salon en beaux écus comptants
Au profit d'étrangers qui partent au printemps !
Non, non, mille fois non, pas tant d'ingratitude
Des plaisirs projetés doit être le prélude ;
Et quand même reclus, assis au coin du feu,
Les deux pieds enchaînés par ce fier désaveu,
Il nous faudrait fermer l'oreille à la musique,
Condamner tous nos sens au repos léthargique
Et nous priver hélas! de nos plus chers amours,
Du plaisir de danser, à jamais et toujours,
Qu'heureux de soutenir l'honneur de notre salle,
Nous subirons plutôt le tourment de Tantale.
Oui, l'Alsace sera le Maine et le Poitou,
La canne et l'oranger succéderont au chou,
Le tabac, le houblon y deviendront des roses
Et le pays verra d'autres métamorphoses,
Avant que, désertant notre divin café,
Confortable séjour bien pourvu, bien chauffé,
Nous allions pour complaire au goût de mauvais juges,
Nous faire renégats et devenir transfuges.
Ils dirent, et soudain leur confraternité
Scella des conjurés la sainte Trinité.

Bientôt dans Croutignach et sa campagne agreste,
Les échos d'alentour portent ce manifeste.
Au milieu du tumulte et d'un affreux brouard,
S'élance résolu, paraît le jeune Osmard,
Comme au Forum jadis lors d'émeute critique,
Pour faire bien danser l'heureuse république,

On voyait accourir le grand Catilina
Ou paraître en consul le terrible Cinna.

Relevant d'un air fier sa naissante moustache,
Prélude menaçant du soldat qui se fâche,
Et tenant sur le flanc un formidable poing
Tandis que l'autre main s'étend et plane au loin ;
Courroucé, furieux, haletant, tout en nage,
De sa bouche écumante éclate ce langage :

— Danseurs de Croutignach! descendants des Germains,
Plus tard des Ostrogoths, après eux des Romains *,
Vous dont le sang français, d'origine barbare,
Adouci par les vers d'Ovide et de Pindare,
N'aime plus le lard cru, le gland et les apprêts
Que produisaient gratis vos épaisses forêts;
Vous qui répudiant la hutte de vos pères,
Le bâton à schlague et bien d'autres misères,
Commencez à goûter ce qui nous paraît doux,
Meilleur, cent fois meilleur que vos infâmes choux,
A n'être plus velu du poil que vos ancêtres
Avaient reçu du ciel en leurs réduits champêtres,

* Jusqu'au temps de Charlemagne, les Alsaciens s'appelèrent *Triboches* ou *Tribotes*. Pendant près de 500 ans, leur province fut possédée par les Romains. Après eux, les Rois de France la gouvernèrent jusqu'à Othon Ier. L'Autriche s'en empara pendant quelque temps; mais elle fut ensuite cédée à la couronne de France par la paix de Munster, en 1648, et par celle de l'île des Faisans, en 1659.

A sentir le chatouil, à prendre fine peau,
Plus fine assurément que celle d'un chameau ;
Comment, dites-le moi, comment pour une fête
Que Croutignach entier désire, attend, apprête,
Osez-vous préférer un sordide bouchon
Où seul et sans rougir peut sauter le torchon,
Au palais attrayant, modèle d'élégance,
Qui joignant les décors, l'espace et la décence,
Présente aux amateurs, sans droit de passe-port,
Des plaisirs délicats, un séduisant confort?
Faut-il pour des écus donnés à votre hôtesse,
De notre bourse pleine implacable tigresse,
Que le bal dans son coin y suffoque à pâlir,
Que pour la satisfaire il aille s'y salir?

— Morbleu non! sachez bien, votre audace m'étonne,
Et le Rhin versera ses eaux dans la Garonne,
Le soleil tournera de l'ouest au levant,
Guizot n'aura pas fait le voyage de Gand,
La tribune française, ô ciel sera muette!
Et l'entrechat enfin sera la pirouette,
Avant que mes amis, perdant tête et bonnet,
Consentent à danser dans votre estaminet. —

Ce discours prononcé d'un ton ferme, énergique,
Ebranle des mutins le parti tyrannique,
Comme un coup de canon sur la mer en courroux,
Tiré contre le ciel et Neptune jaloux,
Dissipe faiblement les vapeurs de l'orage
Noircissant l'horizon d'un sinistre présage,

Et donne aux naufragés sur un frêle bahut,
Le vain espoir hélas! d'obtenir leur salut.

Mais un autre adversaire au bal bien plus hostile,
S'agite sans éclat sous un masque tranquille,
Prétendant que la danse est un cas défendu,
Que tout danseur bipède est un chrétien perdu :
C'est le monde dévot, le curé, le vicaire,
Le suisse, le bedeau, les dames du Rosaire,
Gens qui baissent les yeux devant Taglioni
Et voudraient que Musard des salons fut banni.

Consternés du dessein doublement satanique
Dont la ville agitée est le théâtre inique,
Leur saint zèle aguerri par l'amour du prochain,
Des partis contendants devient le boute-en-train,
Donne raison à tous, anime leur colère,
Et pour sauver la fille endoctrine la mère,
Dans l'espoir très-fondé qu'envenimant le mal,
Une brouille implacable arrêtera le bal.
Non contents d'employer ce moyen charitable,
Des apôtres de Dieu, ressource délectable,
Ils estiment que pour confirmer le brandon,
Il faut en pleine chaire un tout petit sermon.

Le dimanche suivant, jour à jamais néfaste,
Où le bal contesté doit étaler son faste,
Au prône du matin, le gras prédicateur,
A peu près en ces mots débute avec chaleur :
— Mes frères, en ce temps de rigoureux carême,

Durant lequel chacun doit avoir le teint blême,
Mortifier son corps, gémir, se dégraisser,
Vivre comme un chartreux, surtout ne pas danser,
Pour expier contrit l'affreuse intempérance,
Du carnaval dernier condamnable licence,
Un scandale nouveau mûri dans la cité,
Va, dit-on, apparaître en son sein agité!

— Vous le savez, pécheurs! un grand bal se prépare;
Comme aux jours de Noé le démon vous égare,
Vous pousse méchamment à la tentation,
Jaloux de consommer votre perdition.
Parviendra-t-il enfin à cette œuvre infernale,
A faire triompher son indigne cabale?
Vous verra-t-on ce soir souillant le falbala,
Valser en possédés et danser la polka,
Cette danse à l'index, du *fandango* l'émule,
Dont nous ont inondés le Tage et la Vistule?

— Si du moins gouvernés par Nabot et Flandrin,
Votre bal honorait le rivage du Rhin;
Si vous-mêmes soumis au cas qui les anime,
Consentiez à vous rendre en l'endroit qu'on estime,
A suivre sans détour leurs bons commandements,
Il est avec le ciel des accommodements *,
Et le péché commis serait alors moins grave,
On pourrait l'expier a l'aide de l'Octave.

* Vers du Tartufe.

Mais non, chrétiens pervers! le désordre est complet!
Et de la garnison devenant le jouet,
Au mépris d'intérêts d'une valeur réelle,
Vous êtes ses amis, vous conspirez pour elle.
Aussi malheur à ceux qui fuyant le bercail,
De l'hôtel prohibé franchiront le portail,
Et qui, bravant du ciel la sévère défense,
Iront avec le diable consommer l'alliance,
Tous ensemble punis, confondus, reniés,
De ce temple aujourd'hui sont excommuniés.
Tremblez, danseurs, tremblez! peut-être que la ville,
Malgré les hauts remparts qui lui servent d'asile,
S'écroulant sous les coups dont ma voix est l'écho,
Deviendra dès demain Ninive et Jéricho! —

Il dit: et l'auditoire ému jusques aux larmes,
En sourds gémissements exhale ses alarmes.
Tel le peuple de Dieu, non loin du mont Thabor,
Au pied du Sinaï dansant près du veau d'or,
A l'aspect de son chef qui lui lance la foudre,
Voit la table en éclats, le veau réduit en poudre,
Se lamente, gémit, quitte ses ornements,
Et de ne plus danser prodigue les serments;
Tel le troupeau femelle entendant l'apostrophe,
Tremble de tout son corps et craint la catastrophe.

Mais hélas! le beau sexe en ce lieu comme ailleurs,
A bientôt oublié ses serments et ses pleurs.
Au sortir du sermon, un congrès de fillettes,
Du festival dansant fort gentilles poulettes,

S'assemble sur-le-champ afin d'en appeler.
— Mes sœurs, dit la première inscrite pour parler,
Jusqu'ici le pays propose, délibère ;
Sans savoir notre goût, il nous met à l'enchère.
De quoi s'agit-il donc? de nous autres vraiment,
D'un bal où nous serons le plus bel ornement.
Est-ce qu'on nous prendrait pour des marionnettes,
Tournant à tous les vents comme des girouettes?
Moitié du genre humain qu'on se plaît à fêter,
Sur tout, en toute chose on doit nous consulter,
Se soumettre à nos lois, respecter nos caprices
Et du commandement nous laisser les délices,
Car Georges Sand l'assure et la Charte le dit :
C'est à tort que la fille est mise en interdit.
Les mamans! les papas! oh! quelle tyrannie
De les voir aux aguets presque toute la vie,
De les sentir chagrins auprès de nos jupons,
Inquiets explorateurs de nos regards fripons,...
Comme si sous le joug de grâces virginales,
Nous devions imiter les pudiques vestales,
Ou que les yeux couverts d'un immense burnous
Il nous fallût lorgner nos amants par deux trous!...
Permis à Mahomet de tourmenter le sexe,
Mais qu'en France à présent on le ferme, on le vexe,
Qu'on le fasse gémir dans un dur célibat,
C'est contre la nature un flagrant attentat.
Il en est temps, mes sœurs, prenons notre licence :
Vive la liberté! vive l'indépendance!
Et nous faisant enfin suprême dictateur,
Ordonnons que le bal soit chez le gouverneur. —

Par acclamations ce discours magnifique
Dont Pagès serait fier d'orner sa république,
Est reçu chaudement dans le club féminin,
Jaloux de conserver les droits du casaquin.

Au milieu des bravos et sans faiblesse aucune,
Un second orateur s'élance à la tribune,
Comme ferait Vatout répondant à Barrot,
Ou Thiers et Dru-Rollin déchiquetant Guizot;
De toutes la plus belle et bref la plus jolie,
C'est assez désigner l'honorable Marie.
Après avoir lissé ses ondoyants cheveux,
Ajusté du camail les plis défectueux,
Elle s'exprime ainsi d'une voix forte et lente :

— Approuvant les raisons de la préopinante,
Je viens, mes chères sœurs, apporter mon tribut
A l'affaire en suspens dont un bal est le but.
En droit, c'est positif, nous sommes souveraines;
Nul ne peut nous charger de tyranniques chaînes.
En fait, nous commandons au genre humain entier,
Et ne devons jamais reculer d'un quartier.
Quelle honte, en effet, si malgré notre instance
Et le désir connu d'aller à l'intendance,
Nous nous rendions pourtant dans la salle à Midas;
Quel coup plus grand encor si nous ne dansions pas!..
J'en frissonne, mes sœurs, ce seul penser m'accable,
Et la mort à mes yeux est cent fois préférable.

— Sous le rapport du ciel, la danse est-elle un mal?
Est-ce péché mortel que de se rendre au bal?
Sans invoquer David gambadant devant l'arche,
Des enfants du Jourdain la sautillante marche,
Tous les peuples anciens jaloux de ce plaisir,
Même nos bons aïeux qui dansaient à ravir;
Sans être casuiste et soulever chicane
A ceux qui danseraient s'ils ne portaient soutane,
Je me contenterai, forte de ma raison,
De répondre hautement par un tout simple NON.

— Eh! pourquoi m'épuiser en propos inutiles,
En débats saugrenus, en arguments futiles,
Pour établir un fait, que danser est permis,
Quand tous les corps vivants y sont assujettis?

— Voyez le papillon, ce valseur admirable,
Voltiger sur les fleurs de l'air le plus aimable;
Voyez sur le gazon bondir le tendre agneau,
Sur le pic escarpé sauter l'heureux chevreau;
Au milieu de nos champs folâtrer la génisse
Et dans le fond des bois la danse être un délice.

— Elevant vos regards vers l'espace inconnu,
Où tout annonce à l'homme un avis méconnu,
Voyez l'astre des nuits valser avec la terre,
Autour d'un grand salon que le soleil éclaire,
Suivis de Jupiter, de Mars et d'Uranus,
Valsant avec Junon, et la belle Vénus,
Sans compter leur escorte et mille satellites

Qui galopent comme eux autour de leurs orbites ;
Tous ensemble dansant en ce superbe lieu,
Pour célébrer le ciel et la gloire de Dieu,
Car tous les éléments s'agitent en cadence
Et l'univers entier n'est qu'une contredanse.....

(A ces mots solennels, l'auditoire enivré,
Couvre de ses bravos l'orateur inspiré.)
— Eh quoi ! nous qui dansons dans le sein de nos mères,
Poursuit-il gravement, tombé de ses sphères,
Nous qui, tetant le lait, sautons sur leurs genoux,
Comme fait la poupée un peu plus tard sur nous,
Dans l'attente du jour où dites grandes filles,
Nous pourrons trépigner sans bandeau ni béquilles,
Quoi ! nous, mes chères sœurs, aveu bien triste et dur
Pour le sexe dont l'âge approche d'être mûr !
Nous qui, comptant les ans, les mois, les jours, les heures,
Sommes pour la plupart une ou deux fois majeures,
Bien faites aux dangers d'un bal de garnison,
Trop fermes pour fléchir près du plus beau garçon,
Nous ne pouvons jouir des ébats de la danse,
Et seules sur la terre en pleine décadence,
Nous serons hors la loi, nous ne valserons plus ! ! !....
Oh ! non certainement, j'en jure par Janus :
Tant qu'un reste de vie animera nos jambes,
Que libres de la goutte elles seront ingambes,
Nous aimerons, mes sœurs, à les entrelacer,
Et chez le commandant à les faire danser.
Partons donc à cette heure, en corps, toutes ensemble
Allons au pas de course et qu'aucune ne tremble. —

Impossible au burin de décrire l'effet
Produit par ce discours sur le peuple coquet,
A l'instant où debout, l'éloquente Marie,
Achève noblement sa belle théorie,
Et s'en va triomphante à travers les bravos,
Reprendre sur son banc la place d'un héros.

Enfin pour terminer cette scène orageuse,
La lionne du Rhin, Elisa la valseuse,
Elle qui savourant les douceurs de l'hymen,
De la leste assemblée est de droit le doyen,
Se lève sans quitter le siége qu'elle occupe,
Gonfle pompeusement les ondes de sa jupe;
Sous ses deux pieds mignons fait frémir le parquet,
Chagrin de supporter son solide jarret,
Et prenant comme Esler la pose académique,
Prononce en digne chef ce discours laconique :

— Mesdames, c'est assez, jugeons la question;
Je ferme les débats, aux voix la motion.
Laissons aux vains rhéteurs de la seconde chambre,
Le soin de bavarder jusqu'au trente-un décembre,
Pour savoir si Bugeaud est un grand citoyen;
Quant à nous en ce lieu, parlons peu, parlons bien,
Car nos instants comptés par heures et minutes,
Peuvent s'évanouir en stériles disputes.
Quel que soit de ce jour le sinistre destin,
Procédons sur-le-champ, consultons le scrutin;
Voyons si le complot, qui dans l'ombre se trame,
Sera dans Croutignach l'opprobre de la femme;

Si le sexe déchu de son autorité,
Devra plier le cou sous un joug détesté.

—Pour moi de votre arrêt, prévoyant la tendance,
J'ai cru pouvoir d'abord m'engager à l'avance,
Avec le jeune Osmard, le commandant Billot,
Pour danser un quadrille et le premier galop,
Sans compter leurs amis, officiers du troisième,
Inscrits sur mon album jusqu'à la cinquantième.
Il faut donc que le bal s'installe avec splendeur;
Il le faut, j'ai promis, je suis femme d'honneur.
Quelle honte d'ailleurs, quelle douleur amère,
Ne pénétreraient pas nos âmes de colère
Si les festons tirés à grands frais de Colmar
Devenaient le butin du cruel Hospodar!
Quel supplice surtout de voir notre parure,
La robe, les souliers, l'éventail, la ceinture,
Suspendus à côté du suave bouquet,
Gémissant tous ensemble au funeste crochet!...

(Ici sensation poignante et désolée;
Mouvement général dans toute l'assemblée.)
—Mesdames, j'ai fini; c'est par trop babiller;
Je conclus en deux mots : allons nous habiller.—

De toutes parts éclate la gaîté la plus pure,
Un tonnerre de voix demande la clôture,
Mille cris de vivat aux sons aigus et clairs
Se joignent aux mouchoirs agités dans les airs,
Et le beau président armé de sa sonnette,

Annonce que du vote il va faire recette,
Quand un membre invoquant le vœu du règlement,
Propose de sa place un court amendement,
Qui tend pour célébrer cette fête commune,
A danser un galop autour de la tribune.

D'applaudir, de crier, de pousser des hourras,
Se conçoit beaucoup mieux qu'il ne s'exprime pas,
A propos de l'idée heureuse, originale,
De clore le congrès de façon joviale,
De le faire voter par l'avant-jeu certain
D'un bal anticipé tenant lieu de scrutin;
Si bien que transformant la tribune en orchestre,
Pour se livrer soudain à ce vote pédestre,
Il décide en valsant à l'unanimité,
Que le projet de bal est enfin adopté,
Et que l'ordre est enjoint, quittant la collerette,
De se rendre chez soi pour faire sa toilette.

CHANT SECOND.

Peindrai-je la douleur des parents éplorés,
Le courroux furibond de tous les conjurés,
Le plaisir, le bonheur, les transports d'allégresse,
Dont le camp ennemi remplit la forteresse,
Lorsque le héraut d'arme entonnant le clairon,
Proclame à Croutignach l'arrêt du cotillon?
Pourrai-je jusqu'au bout conduisant ce poème,
Apprendre au monde entier par quel stratagème,
Le beau sexe du lieu sur le point de danser,
Fut, hélas! malgré lui forcé d'y renoncer;
Comment ce noir complot étouffant une fête,
Dans un pays tranquille excita la tempête?
S'il le faut, ô ma muse! inspire mon cerveau,
Soutiens ma faible main, prête-moi ton pinceau.

Le soleil déclinait vers les champs de Lorraine,
Dans un sombre horizon s'éteignait son haleine
Et le marteau frappait six coups nets sur l'airain,
Quand sortant du congrès les sylphides du Rhin
Furent dans leurs boudoirs ajuster la parure,
Gravement menacée en cette conjoncture.

Bientôt leur grosse taille en un mince corset,
Se dessine à ravir par le jeu du lacet,
Qui soulève mi-nu le plus bel avant-poste,
De la pudeur du bal séduisant holocauste;
Et leurs deux pieds pressés dans du brillant satin,
Causeraient du dépit aux dames de Pékin,
Tandis que le parfum, les fleurs et la frisure,
Décorent avec goût leur charmante coiffure,
Et qu'enfin l'arsenal du dangereux Satan,
Fournit tout ce qui plaît de l'écrin au ruban.

Dans leurs chambres aussi les cavaliers se parent :
Pour se faire admirer en nage ils se préparent,
Et passant l'habit neuf découpé par Dervis,
A la mode, au bon ton, tous se sont asservis,
Sans négliger l'astic, le pantalon garance,
Que trois fois le tailleur a refait pour la danse,
Et force billets doux et le brillant lorgnon,
Qui doivent mitrailler plus d'un jeune tendron.

Par le soin et l'ardeur d'Osmard, le commissaire,
Le salon de l'hôtel s'organise et s'éclaire.

A droite s'établit un orchestre complet ;
A gauche l'on érige un splendide buffet;
Tout autour se dessine un réseau de guirlandes,
De couronnes de fleurs, d'amoureuses offrandes;
La lumière jaillit de lustres éclatants;
Enfin il ne faut plus qu'ouvrir les deux battants.

Mais ici par malheur surgit un épisode
Qui du bal préparé devient son antipode.

A l'affreuse nouvelle, au terrible récit,
Que la sédition se propage et grossit,
Qu'avant peu, dans une heure, au son de la musique,
Le bal va commencer dans la salle hérétique,
Flandrin, Nabot, Chausson et tous leurs agrégés,
Courent, grincent des dents comme des enragés.

S'élançant éperdus, hors de leur domicile,
Pour venger cet affront, pour exhaler leur bile,
On les voit pleins de feu, dérobant un regard,
Chercher du coin de l'œil le téméraire Osmard ;
Parcourir les maisons où se parent les filles,
Y mettre tout en l'air, menacer les familles,
Et faire un tel sabbat de la cave au grenier,
Que Croutignach tremblant en frémit tout entier.
De ce premier exploit, peu satisfaits encore,
Ils veulent enchaîner les pieds de Terpsichore,
Immoler la déesse à leur ressentiment,
Et l'enterrer vivante à son avénement.

Or donc, pour consommer cette œuvre criminelle,
Ameutant les parents de la bande rebelle,
Ils les mènent en corps dans le vaste local,
Appelé *brasserie* ou club municipal,
Car toute affaire grave, épineuse, en litige,
Grâce au jus de houblon qui cause ce prodige,
Ne peut se terminer dans le pays germain
Que la pipe à la bouche et la chope à la main.

Là donc tous réunis pour former une diète,
Les parents de l'endroit et de chaque fillette,
Papas, mamans, aïeux, nourrices et tuteurs,
Frères, tantes, cousins, oncles et curateurs,
De la paternité représentent le titre
Et du Code civil un important chapitre.

Flandrin ébouriffé, soutenu du bedeau,
Se hisse en rugissant sur le cul d'un tonneau,
Plaçant à ses côtés deux autres hypocrites,
Chausson, le juif Nabot, ses dignes acolytes,
Tous trois perchés en l'air afin de dominer
La troupe de badauds qu'ils veulent déchaîner.

Par ce discours fameux, lamentable et burlesque,
Prononcé d'un accent mi-français, mi-tudesque,
Il ouvre la séance en président fougueux,
Gesticulant beaucoup, s'arrachant les cheveux * :

* Les Allemands qui parlent mal le français, prononcent *p* pour *b*, *g* pour *c*, *t* pour *d*, *c* pour *g*, *che* pour *je* et *ge*, *b* pour

— O rage! ô désespoir! ô terriple anarchie* !
N'ai-je donc tant vécu dans cette monarchie,
Sympôle de l'honneur, de la soumission,
Que pour être témoin d'une sédition!
Eh quoi! moi qui commande à toute la commune,
Qui réprésente seul l'Etat et la tripune,
Et fais trempler la parpe omprageant lé menton,
Je ne pourrai soumettre un imperpe avorton!
Je verrai s'assempler un troupeau de picelles;
Du pays où je règne impudiques répelles,
Pour choisir malgré-z-*iche* ** une salle dé pal
Quand tout doit opéir à mon ordre legal!!...

Tarteiffle! *** c'est trop fort, à moi fureur, vengeance,
Il faut que je réprime une telle arrogance.
Vous lé savoir, *Meners* ****, ces pétites coquins,
De l'Elysé-Pourpon chaussant les prodequins,
Se sont faits députés, pairs et législatrices
Afin de proclamer leurs lois et leurs caprices,

p, *ss* et *z* pour *s*, *d* pour *t*, *j ou* pour *u*, *f* pour *v*, *s* pour *z*, *er* pour *eur*, *je* pour *che*. Ils accentuent tous les *a* et les *e* muets, et confondent le masculin avec le féminin.

Nous n'appliquons cette prononciation qu'à quelques mots, laissant au lecteur le soin de l'employer en entier s'il veut la rendre plus burlesque.

* Parodie de ces deux vers de Boileau

O rage! ô désespoir! ô perruque ma mie!
N'as-tu donc tant vécu que pour cette infamie?

** *Ich*, moi.

*** *Teufel!* Diable!

**** *Meine herren :* Messieurs.

Si pien que s'arrogeant lé pouvoir souverain,
Qu'usurpant tous mes droits et n'ayant plus de frein,
Elles ont dans un club follement assemplées,
Mendié pour lé pal, filles ensorcellées,
Une horreur de salon dont Satan foutrait pas,
Et qu'à l'heure qu'il est leurs funestes appas,
Bien parés, bien musqués, tout prillants dé toilette,
Y vont dans un instant séduire l'épaulette.....

— Grand Dieu! vit on jamais un plus grand attentat
Epouvanter lé Rhin et menacer l'Etat?
J'en frissonne, *Meners*, j'en délire, Mesdames,
Un pien grand châtiment doit punir les infâmes,
Leur ôter pour toujours le désir de danser
Et le goût masculin de tout bouleverser.
Mais que votre fureur peut-être chancelante
Ne vienne m'excuser cette attaque insolente,
En disant pour raison que las de festonner,
Ces pétites vauriens entendaient pâtiner.
Comment en plein midi dans un grand assemplée
On délibère et vôte une troupe réglée,
S'emparer du pouvoir appartenant à moi,
Et prendre la puissance à vous, au pape, au roi,
Seraient un pécatille et des fautes légères!.....
Il n'en faudrait pas tant pour aller aux galères.

— Tout traitre à son pays perd le droit de pitié,
Que lui devaient avant les siens et l'amitié,
Et notre aïeul Brutus dans Rome hélas! trahie,
Egorgea ses deux fils pour venger la patrie.

Imitez ce héros, praves concitoyens :
Que votre nom passant aux futurs historiens,
Apprenne aux nations fantasques et rebelles
Qu'un père, s'il le faut, frappe son sang pour elles.

—Allons courrez chez vous pleins d'un noble transport;
Enfoncez les boudoirs; frappez dru, frappez fort,
Et passant du Romain l'héroïque courage,
Tompez sur les hapits, faites-en un carnage :
Que ces lieux endiablés deviennent un cachot.....
(Adoucissant la voix.)
Le conseil est-il pon? qu'en penser-vous, Napot?

NABOT.

(Gesticulant avec sa badine et remuant convulsivement la tête.)

— *Ia* *, moi le trouver pien, admirable et suplime
Pour arrêter la danse et prévenir le crime.
Si posséder un fille au pal s'être apprêté,
Séconde Iphigénie et nouvelle Jephté **,
Moi la sacrifier, lui brûler le cervelle
Pour pien la corriger, apprendre à fifre à *** elle.

* Oui.

** Toutes deux furent sacrifiées par leur famille, l'une à Diane et l'autre au Dieu d'Israel.

*** Hiatus tudesque.

Je conclus au schlague, au jeune, à la prison :
(D'une voix mielleuse.)
Etre humain pour autrui.... qu'en dire vous Chausson?
(Chausson, d'un air magistral.)
— Moi dire avec Thémis méconnue, outragée,
Que la bande du pal doit être fustigée ;
Qu'il faut de son salon éteindre les flambeaux,
Y faire tout voler en éclats et lambeaux,
Que le corps du délit broyé comme la pierre,
Rentre dans le néant et s'en aille en poussière.

FLANDRIN.

(D'une voix tonnante et sentencieuse.)

— Par arrêt souverain du très-haut tripunal ;
Vu la loi, les édits, est défendu le pal.
Les parents sont tenus de courre sur leurs filles,
De les saisir au corps, elles et leurs guenilles ;
De pien les séquestrer dans une sombre cachot,
La tête en capuchon et les pieds en sapot;
Et si l'on n'obéit, en cas de résistance,
D'employer lé pâton, les rosser d'importance;
En appliquant la peine à leurs colifichets,
A la robe, aux festons, à tous leurs affiquets,
Enjoint aux officiers de la force puplique
De prêter au present un secours énergique ;
Déclarant toutefois par une addition
Qu'icelui sera nul en exécution,

Si les filles du pal pleines de répentance,
Dans le salon voulu se rendent pour la danse. —

A ces mots solennels du terrible Flandrin,
L'estaminet frémit et s'en émeut le Rhin.
De sourds rugissements, précurseurs de l'orage,
Eclatent au milieu d'un noir, épais nuage,
Que la pipe en courroux vomit en s'allumant;
Un bruit de vif *trinquen* exprime un grand serment,
Et la chope vidée en guise de calice,
Annonce que chacun est prêt au sacrifice.

A l'instant où finit cette libation,
La phalange se rompt et vole à l'action.
Tels nos braves soldats aux beaux jours de leur gloire
Marchaient au pas de course en portant la victoire
Pour renverser les murs de Vienne et de Berlin
Et tout prendre d'assaut de Lisbonne au Kremlin,
De même les parents des pauvres condamnées
S'élancent furieux contre ces obstinées,
Et voyant des remparts dans de faibles cloisons
Les assiégent en règle et bloquent leurs maisons.

A l'approche du bruit que fait cette cohorte,
Les belles en émoi barricadent leur porte,
Et les yeux à la rue où rôde l'ennemi,
Agissant de concert par un signal ami,
De maison en maison faisant cou de girafe,
Elles forment ensemble un actif télégraphe.

En vain les assiégeants postés sur le palier,
Frappent, trépignent fort, ébranlent l'escalier,
Et dans l'espoir déçu de faire une ouverture,
Veulent parlementer au trou de la serrure :
Les captives qu'anime un courroux véhément,
Repoussent avec feu tout vil arrangement.

— Point de transaction! nous voulons, disent-elles,
Comme reines du bal, d'après nos lois nouvelles,
Danser dans le salon qui nous charme et nous plaît,
Ne pas nous enfumer dans votre estaminet.
Criez, tonnez, jurez, vous ne pourrez nous prendre;
Jamais nous ne voudrons consentir à nous rendre,
Et préférant la mort à ce grand déshonneur,
Nous mourrons en martyrs, nous mourrons de douleur.

— Que si, poussant plus loin tous vos vains préambules,
Vous pénétrez vainqueurs au sein de nos cellules
Pour accomplir l'arrêt en nous brisant les os,
L'enregistrer entier, tout vif sur notre dos,
Enfin pour *empoigner* notre démocratie,
Nous vous opposerons la force d'inertie,
Et comme Manuel sur son banc arrêté,
Nous en appellerons à la postérité * ! —

* Sous la restauration, Manuel fut exclus de la chambre des députés et *empoigné* sur son banc pour avoir voulu faire l'apologie du régicide et justifier le meurtre de Louis XVI.

Etourdis, atterrés par ce mâle langage,
Les assiégeants émus reculent d'un étage,
Et dans la cave ouverte iraient s'ensevelir,
Sans un penser cruel qui vient les assaillir.
Liés par un serment en ce critique impasse,
Il faut pour leur honneur que justice se fasse,
Franchir en grenadiers le redoutable seuil,
Ou que la cave enfin devienne leur cercueil.

Se ravisant bientôt, remontant à la charge,
Ils déclarent l'assaut et font une décharge
Tellement vigoureuse en ses coups appliqués
Et si bien dirigée en ses efforts braqués,
Que les portes sautant à dix pas du chambranle,
Se brisent en éclats et mettent tout en branle.

Les vainqueurs de Priam sur les murs d'Ilion,
Alexandre, Annibal et le grand Scipion
Démolissant Gaza, Carthage et Babylone,
Bonaparte lui-même assiégeant Ratisbonne,
Furent cent fois moins fiers de leurs vaillants exploits
Que ne le sont ici nos valeureux bourgeois.
Rien ne peut apaiser l'ardeur qui les domine,
Ni l'aspect ravissant d'une charmante mine,
Ni la pompe éclatante et l'héroïque orgueil
Des nouveaux sénateurs calmes dans leur fauteuil :
Semblables au vautour qui tombe sur sa proie,
La plume, la dépouille et l'étreint et la broie,
Ils fondent éperdus sur le bel apparat,
Victime signalée à leur fol attentat,

Le déchirent d'un coup ; ô poignante amertume !
Réduisent en chiffons le séduisant costume,
Et Vandales nouveaux, consommant leur forfait,
Par la fenêtre ouverte ils jettent le bouquet,
Accompagnant le tout du soufflet historique,
Qui sert en pareil cas de cachet authentique.

Voilà bien, ô destin ! un de ces coups cruels
Que tu te plais, méchant, à porter aux mortels
Quand au point de jouir d'une faveur prochaine,
Ils reçoivent de toi que tourment et que peine.
Tel est chez les humains le fatal dénoûment
Des plaisirs préparés par ton raffinement.
Ainsi, l'exemple est là, toutes ces jeunes filles
Prêtes à figurer dans de joyeux quadrilles,
Après un mois de soins, d'attente et de soupirs,
Au moment de toucher à leurs plus chers désirs,
Deviennent d'un complot, ourdi par ta malice,
Les victimes du bal, œuvre de ton caprice,
Et leur ajustement par toi sacrifié,
N'est plus qu'un vil objet de honte et de pitié.
Adieu, trompeur, adieu ce bal dont on raffole
Et la gloire d'aller s'asseoir au Capitole ;
Adieu le doux espoir détruit par Rébecca *,
D'y valser un galop et danser la polka !
Tous ces plaisirs goûtés, au milieu d'un beau songe,
Ne sont plus à présent qu'un insigne mensonge.

* Société de démolisseurs en Angleterre.

CHANT TROISIÈME

Au tapage infernal qu'on fait dans la cité
Et qu'accroît de la nuit la sombre obscurité,
A l'aspect effrayant qu'offre la populace
Par des groupes nombreux s'attroupant sur la place,
Aux lamentables cris partant de toute part,
L'on croirait Croutignach sous les coups du poignard,
Ou livré par la guerre à l'affreux brigandage
Qui met à sang, à feu, les villes au pillage.

Mais tandis qu'acharnés les vaillants triumvirs
S'arment contre le bal et traquent ses martyrs,
Le salon jusque là d'humeur fort pacifique,
Apprend en frémissant cette scène tragique.
Le commandant Billot, Apollon du tournoi,

Les lieutenants Piper, Kassienne et Montannoi,
Gerin, le capitaine, et Séjean, son confrère,
Foutro, bel indigène à la danse légère,
Tous les membres présents cruellement déçus,
S'aperçoivent trop tard qu'ils ont été vaincus.

Indignés de l'affront, passant du rouge au blême,
Ils éprouvent en eux une fureur extrême,
Se regardent d'abord sans proférer un mot,
Puis s'exhalent en cris contre ce noir complot.
Aux plaisirs qu'on attend, aux doux propos de fête,
Succèdent les jurons, une horrible tempête,
Que l'orchestre en courroux grossit de son sabbat,
Jouant *la Marseillaise*, amorce du combat.
Osmard, le jeune Osmard, confus plus que tout autre,
D'un coup de main vengeur devient l'ardent apôtre,
Et protecteur inné du beau sexe reclus,
Il songe au grand moyen qu'employa Romulus
Lorsque voulant peupler ses désertes collines,
Il enleva gaîment les pudiques Sabines.

Or donc pour imiter ce maître en rapt galant,
Le signal est donné par le gars pétulant
Et la troupe d'un bond se presse vers la porte,
Quand l'oisif chambellan annonce une cohorte.

A l'instant sur le seuil, vierge de pieds mignons,
Cinq danseuses d'un trait avec leurs compagnons,
Arrivent brusquement, à la course, essoufflées,
Le visage à l'envers, toutes échevelées,

Regardant en arrière et tremblantes, hélas !
Comme si le démon eût été sur leurs pas.

Cinq danseuses d'un coup, au rendez-vous fidèles !...
Mais c'est beaucoup vraiment... d'où diable viennent-
[elles ?
Quoi ! vous, mon cher lecteur, incertain de ceci !
Vous ne devinez pas ? patience, le voici.

Tout comme à l'hippodrome un coursier indocile,
S'échappe de la main qui le tient immobile
Et bondit dans l'arène en pleine liberté,
Heureux de déployer sa belle agilité ;
De même, sachez bien, sous le joug qui la presse,
La femme à goûts mondains devient une tigresse,
Que la pudeur enchaîne en la faisant rugir,
Que la honte du mal ne peut plus retenir.
A travers ces barreaux si tenus, si fragiles,
De son honneur suspect gardiens inutiles,
On la voit de sa main, écartant les ressorts,
Passer le bout du doigt, puis le bras, puis le corps ;
Obéir librement à son humeur fantasque
Et ne plus se gêner en déchirant le masque.
En vain son confesseur, son père ou son mari
Veulent, prudents geôliers de son honneur flétri,
Employant la raison, le sucre ou la cravache,
Arrêter ses écarts et la mettre à l'attache :
Leurs efforts impuissants, en ce rude conflit,
Viennent tous se briser contre un roc de granit,
Et la folle entraînée à son penchant coupable,

Ne veut plus reculer, c'est un être indomptable
Devant qui Van Hamburg *, le célèbre dompteur,
Moins fort qu'avec les siens, trouverait un vainqueur.

Aussi, malgré Flandrin et toute sa brigade,
Lançant contre le bal une habile croisade,
En dépit de l'Eglise et du terrible assaut,
Vaillamment dirigé par Chausson et Nabot,
La victoire pourtant n'est pas si meurtrière
Que tout guerrier femelle ait mordu la poussière,
Et plusieurs par miracle échappant au blocus,
Se sauvent demi morts, abîmés, éperdus,
Vers le salon désert où grondent les menaces :
Du parti flagellé ce sont les cinq Horaces.

A leur avénement sur le glissant parquet,
Un murmure joyeux répété par l'archet,
Remplace du brouard les plaintes belliqueuses
Et, passant au bémol, reçoit les cinq danseuses.

Pour les complimenter en de tendres propos
Et leur prendre la main d'un air fier et dispos,
Chacun des cavaliers frisottant sa moustache,
Aussitôt en avant près d'elles se détache;
Et telle est de leur cœur la douce émotion,
Sous le poids tout récent de la déception,

* Célèbre dompteur de bêtes féroces.

Qu'un marin affamé du beau sexe adultère,
N'est pas plus content qu'eux à l'aspect de Cythère.

Et pourtant ce transport de leur enchantement
Doit encore essuyer un désappointement,
Car le premier essaim pénétrant dans la salle,
Fait penser aux danseurs qu'enfonçant la cabale,
Un second, un troisième et le congrès entier
Arriveront bientôt avec le chancelier.
Mais hélas ! vaine attente, et de force infidèles,
Tous les membres absents, hormis les cinq donzelles,
Gémissent tristement dans leur chambre alités,
Sur le fatal destin des plaisirs convoités,
Sans omettre et compter, ô noire barbarie !
Elisa la coquette et la belle Marie,
Elles qui, dirigeant le joyeux festival,
Pensaient être de fait les deux reines du bal :
Tant est vrai le *sic vos* * de ce malin poète,
Observateur profond et savant interprète,
Qui dit qu'en toute chose un coucou pond son œuf
Et que de l'absolu tout possesseur est veuf.

Un moment irrités par ce défaut de dames
Et sur le ton dorien ** recommençant leurs gammes,
Les nombreux officiers, épars dans le salon,
Ne savent s'il faut rire ou faire carillon,

* *Sic vos non vobis.*

** Le ton guerrier de l'ancienne musique grecque.

Car le moyen vraiment, réduits à cinq danseuses,
Fussent-elles de fer, intrépides polkeuses,
De pouvoir contenter cinquante cavaliers
Plus verts et plus gaillards que cent pénitenciers!...

Cependant la raison chez gens à discipline
Finit par arrêter leur tendance mutine,
Et nos galants troupiers se ravisant bientôt,
Sur le pied de danser se mettent aussitôt.

Tel un vol affamé d'éperviers en campagne
Au point de partager un repas de cocagne,
Le dévore des yeux, serre l'aile et s'abat
Pour se le disputer en un gourmand débat :
Tel l'essor pétulant de la troupe dansante,
Au moment où l'archet, de sa voix clapissante,
Fait entendre au salon la musique de Strauss
Et produit dans les nerfs d'agréables sursauts.

S'élançant d'un seul bond sur le groupe en séance,
Les cavaliers jaloux d'avoir la préférence,
Se jettent à ses pieds, le pressent vivement
D'accepter les cent mains qu'ils tendent galamment.
C'est un siége nouveau, vrai blocus de tendresse,
Qui, cernant nos beautés dans une forteresse,
Comme Hélène autrefois dans les murs de Priam,
Ou Dina chez Hémor *, vers le temps d'Abraham,

* La belle Dina, petite fille d'Abraham, fut enlevée par Hémor, prince de Chanaan.

Transforme leur prison en amoureuses chaînes
Et les fait du plaisir aimables souveraines.

Ainsi, prises d'assaut dans ces tendres liens,
Grand est leur embarras et par quels expédients,
Arrêtés vis-à-vis des enfants de Bellone,
En sortir dignement sans offenser personne?
Comment dans la disette où se trouve le bal,
Au milieu de la faim et du concours rival
Qui pressent des danseurs la phalange nombreuse,
Pourra-t-on apaiser leur soif voluptueuse;
Comment sous le reflet de ce vaste brasier,
Eteindre leur ardeur et tous les rassasier?

Par malheur on n'est plus dans ce temps de miracle
Où vingt mille jeûneurs vous donnaient le spectacle
De gens qui pour remplir leur gaster de tronçons,
Avalaient seulement cinq pains et deux poissons;
Car tel est aujourd'hui l'appétit ordinaire
Qu'à table, au bal, au lit et même au presbytère,
En toute chose il faut la triple ration,
Et qu'un convive à deux meurt d'inanition.

Mais en rares moyens la femme ingénieuse,
Saurait des dents du loup sortir victorieuse,
Et quand circonvenue en ses coquets appas,
Ou franchement placée en coquet embarras,
Elle succombe enfin à l'attaque d'un homme,
C'est qu'elle voulait bien qu'il remportât la pomme.
Aussi nos cinq renards voulant la partager,

A tous les prétendants en faire un peu manger,
Bien qu'en secret chacune ait un tout petit ange
Qui, présent au salon, l'a pelée et la mange,
Filles d'expérience, elles portent l'arrêt
Que le sort réglera ce majeur intérêt.
En conséquence, une urne à leurs pieds étalée,
Reçoit les noms, prénoms de la mâle assemblée,
Et d'un air solennel dépouillant le scrutin,
Chaque danseur inscrit tient son rang du destin.

Après avoir rempli l'important préambule
Qui doit de Terpsichore aplanir le scrupule,
Les cinq premiers danseurs d'entre tous les élus
S'élancent radieux en avant du reflux
Qu'un tardif numéro condamne à l'abstinence,
Et s'emparant soudain par égale alliance
Du groupe qui se dit bonnement virginal,
Ils se mettent en train de commencer le bal.

Mais nouvel embarras pour former un quadrille :
Cinq et cinq font bien dix et c'est juste un *quinquille*.
Comment ce chiffre impair fatalement uni
Pourra-t-il s'accorder dans un bal dégarni
Où pour se divertir en face d'une belle,
Il faut, d'après Musard, un grand carré femelle ?
Jamais plus dur problème issu du nœud gordien
Devint le grave objet d'un savant entretien,
Et l'on discute fort sans pouvoir se comprendre,
Quand enfin de ce choc surgit un Alexandre,

Homme prodigieux en énigme et rébus,
Qui veut que d'entre tous prenant les moins barbus,
Pour compléter du bal les inégaux quadrilles,
On les transforme net en séduisantes filles,
Et qu'en faisant le choix de ce sexe bâtard
L'on place au premier rang le valeureux Osmard.

Tout réglé pour le mieux en droit, en fait, en titre,
Le fougueux chef d'orchestre, Amphion du pupitre,
Agite son archet d'un air pyramidal,
Et la troupe légère attentive au signal,
Ouvre, pleine du feu que le dépit enflamme,
De la vengeance enfin que le courroux réclame,
Ouvre ce bal fameux qui *des Cinq* appelé,
Sera le long du Rhin à jamais rappelé.

Qu'on se figure bien une salle profonde
Où tout un régiment pourrait faire la ronde,
Sans courir les dangers de cette pression
Qu'un bal monstre parfois cause à la fashion.
C'est là que clair-semés comme aux cours de Sorbonne,
Ou comme au Luxembourg quand de Boissy raisonne,
C'est là que dans l'espace absorbés et perdus,
Voltigent largement dix danseurs morfondus.
Tels dans un grand désert emportés par l'orage,
Quelques grains de poussière élevés en nuage,
Tourbillonnent aux yeux du voyageur errant;
Tels les rares danseurs dans ce bal transparent.

Néanmoins au milieu du néant et de l'ombre,

Chacun fait son devoir, l'ardeur supplée au nombre
Et comme aux jours anciens où l'enfer déchaîné
Se ruait sur la terre, alerte et forcené,
A voir le mouvement que la bande se donne,
On croirait que Pluton danse avec Tysiphone.
Au quadrille animé succède la polka,
A la valse enivrante un pas de mazurka,
Au galop furibond cette danse sauvage
Dont le grand Opéra fait son bel apanage ;
Enfin pour épuiser le genre et le carton,
Le cancan suit de près l'aimable cotillon.
Rien de plus pétulant que les cinq girouettes
Qu'on se passe et repasse en guise de navettes :
Mouvement sans relâche, égal, perpétuel,
C'est le fameux problème en acte corporel ;
Pas le moindre repos sépare les entr'actes,
Et du Nil écumeux les sombres cataractes,
Montrent moins de fureur en leur cours incessant
Que ne font les danseurs en polkant et valsant.

Pour animer leur feu, pour soutenir leurs forces,
Circulent à longs flots d'excitantes amorces.
Le punch et le bischof, le champagne mousseux,
Escortés d'un plateau friand et savoureux,
De tout un appareil noblement confortable,
Répandent la gaîté, l'ardeur la plus aimable,
Et consolant le sort de ceux qui sont assis,
Font danser comme quatre et boire comme dix.

De leur côté les cinq que l'alcool dilate,

Prennent un air *loustic* * et le teint écarlate.
Ne se possédant plus et se multipliant,
Elles donnent à tous un gage intéressant
De l'amour libéral que leur cœur en campagne
Distille avec le punch et le vin de champagne.

A l'un c'est un regard oblique et langoureux
Dont l'aspect incertain fait huit ou dix heureux ;
A l'autre un signe obscur, un sourire équivoque,
Que bien ne prennent pas pour un doux soliloque ;
A droite un serrement par la main exprimé
Tandis que du voisin le pied est comprimé ;
A gauche un coup de coude enfoncé dans la hanche,
Pendant qu'en sens contraire un fin genou s'épanche ;
A tout le monde enfin un coup d'œil libre et sûr.
On dit même, je crois, qu'en certain coin obscur,
Plus d'un heureux mortel entraîné par ces belles,
Ne se contenta pas du jeu de leurs prunelles.

Quoi qu'il soit de ce bruit peut-être controuvé,
Un fait bien plus certain et par témoins prouvé,
C'est qu'à la fin du bal un repas splendide
Vient offrir aux acteurs un attrait plus solide ;
Que là tous s'assayant brusquement, sans délai,
Près d'un pâté de foie et du vin de tokai,
Dignement secondé du jus de la Gironde,
Font un carnage horrible en commun, à la ronde,

* *Lustig* jovial, plaisant, farceur.

Tel qu'on n'en vit jamais chez Véfour et Véri ;
Et qu'un toast final, bruyant et bien nourri,
Terminant du gala les rasades coulées,
Est le tribut offert aux pauvres exilées.
Enfin la nuit cédant au retour de Phébus,
Laissait entendre au loin les sons de l'*Angelus*,
Et l'aube du matin commençait à paraître
Vers le fond transparent de sa rose fenêtre,
Quand ivres de plaisir, n'ouvrant qu'un quart de l'œil,
Danseuses et danseurs chancelant sur le seuil,
Sont tenus d'obéir aux lois de la nature
Et de rentrer chez eux dans la plus triste allure.

C'est alors seulement qu'inspirés par Caton,
Ils pensent en sortant au terrible bâton
Que les parents sur pied, postés en sentinelles,
Brandissent dextrement pour frotter les cinq belles.

A ce penser cruel, un demi repentir,
Précurseur douloureux d'un énorme soupir,
Paralyse le pas des danseurs en retraite
Et comme un cauchemar à l'instant les arrête.

Considérant qu'en droit un si dur châtiment
Est barbare, inhumain, un mauvais argument
Peu digne de venger un délit punissable,
Moins encore de frapper une épaule adorable ;
Qu'au fait le bal des cinq permis et naturel
Est un acte en tout point constitutionnel ;
Pour ces motifs tirés du droit des cinq déesses,

Faisant aussi valoir leurs aimables largesses,
Les cavaliers touchés de ce danger pressant,
Cherchent à les soustraire au gourdin menaçant,
Et proposant divers moyens de délivrance,
— Selon l'amour senti, leur degré de constance,
Chacun donne un conseil, tel que l'enlèvement,
Une plainte au parquet, un tiers arrangement,
La fuite à l'étranger, l'hymen à la hussarde,
Tous les moyens enfin d'utile sauvegarde,
A partir de l'exil que s'imposa Didon *
Jusqu'à l'humble devoir de demander pardon.

Mais sentant revenir leur défaillant courage,
Les nymphes fièrement veulent rentrer en cage
Et braver le courroux des parents irrités,
Dussent de cent bâtons leurs reins être ajustés.

— La fuite ou le pardon ne pourraient, disent-elles,
Que gâter notre droit, nous rendre criminelles.
Nous sauver! et pourquoi? quel mal avons-nous fait?
Fut-il jamais un bal plus digne et plus parfait?
Oh! non assurément les fastes de la danse
Ne montrent nulle part une telle innocence,
Et si pour racheter ce suave plaisir,
Il faut que la schlague, ineffable martyr,

* Didon, tyrannisée par sa famille, se sauva en Afrique, où elle devint la fondatrice de Carthage

Trouvant sur notre dos un pupitre à clôture,
Vienne de son archet y battre la mesure,
Heureuses qu'à ce prix nous ayons pu danser,
Nous irons de bon cœur droit nous faire rosser. —

A ce sublime arrêt que des bravos terminent,
Les cavaliers émus fort humblement s'inclinent
Et se séparant tous en ce sinistre lieu,
Ils se disent enfin un doux et tendre adieu.

Ici finit le bal, mais la chose majeure,
L'instant de Rabelais, cet ennuyeux quart-d'heure,
Qu'un plaisir consommé rend toujours importun
Quand arrive la carte et l'écot de chacun,
Est là pour présenter sa note mensongère.

On conçoit qu'une bourse élastique et légère
S'ouvrira tristement au comptoir décimal
Si son fier possesseur de corps présent au bal,
A joui sans repos des plaisirs de la danse
Et si le doux buffet a bien rempli sa panse ;
Mais que fera Flandrin, lui qui n'a pas dansé,
Moins encor bu du punch, lui qui s'est éclipsé?

Devra-t-on de côté laisser sa signature
Et ne pas exiger sa part de la facture?
Oh! non, il a souscrit, bien et dûment signé,
Donc ce serait abus qu'il en fût épargné.

Partant de ce principe en droit incontestable

Et désirant aussi pour propos dommageable,
Eclaircir certains bruits imputés à Nabot,
Le commissaire Osmard, muni d'un bon chicot,
Se rend chez ces messieurs, dans le but assez sage
De toucher des écus et venger cet outrage.
Le diable apparaîtrait aux hôtes d'un manoir,
Alors où tous plongés dans un grand désespoir
Ils se battent les flancs de rage et de colère,
Qu'il les surprendrait moins dans leur douleur amère
Que ne fait le jeune homme en pénétrant chez eux :
C'est à ne pas en croire et le jour et leurs yeux.

A l'aspect imprévu de l'auteur de leurs peines,
Un liquide bouillant circule dans leurs veines :
Nabot montre le poing, Flandrin lève le bras,
Tous deux vers le héros en boxeurs font un pas
Et prenant bravement la pose académique,
Vont lui faire sentir leur force athlétique :
Tel Oreste prenant son furieux essor,
Ou le vaillant Patrocle en présence d'Hector.

Mais le nouveau venu fort de son véhicule,
Se transforme soudain en redoutable Hercule
Qui ne veut de combat qu'à son corps défendant,
Et ne point attaquer sans grief contendant.
Son air calme et dispos, sa mâle contenance,
Des agresseurs surpris arrêtent l'insolence.
Interpellé par eux en tudesque jargon,

Comme ferait Rothschild ou le faux dieu Dagon *,
Sur le motif secret de sa folle visite,
Il déclare d'abord, s'adressant au Tircite,
Vouloir de sa personne une explication
Touchant un fait qui sent la diffamation,
Et s'assurer de lui s'il est vraiment *coupable*.

A ce noir adjectif, Nabot imperturbable,
Sur la pointe des pieds s'élève d'un quartier.
Plus haut qu'à la tribune on voit s'élever Thier,
Quand pour escamoter de nouveau la puissance,
Il assomme Guizot de sa grêle éloquence;
Et dévorant des yeux l'imprudent visiteur,
Sur son visage laid, médisant et frondeur,
Un sourire infernal de rage et de malice,
Du colloque suivant devient le frontispice :

— Cé qué j'ai dit est dit, moi pas me rétracter;
Etre un homme de cœur, jamais me désister...

— Quoi! misérable aspic qu'enfanta Proserpine,
Tu viendras en ce lieu redressant ton échine,
Injurier celui qu'il faudrait caliner!
Prends garde, malheureux, je vais te savonner...

* Idole monstrueuse des Philistins assez ressemblante à Nabot. Elle avait la figure d'un homme mais dépourvue de cuisses, ses jambes s'articulaient aux aines et le milieu de son corps représentait un poisson amphibie dont la queue relevait par derrière.

— C'est toi, *spitzpoup *!* fioler mon domicile;
Etre maître chez moi, sors d'ici crocodile :
J'ai dit cé qué j'ai dit, avoir moi mon raison...

— Ah! morbleu, c'est trop fort, garde à toi p....n!

— *Fer flouctre elender kerl **!* jé suis infiolable;
Respecte mon personne éminent et notable,
Sinon procès-verbal par moi sera daté...

— Je ne connais l'ânon que quand il est bâté...

— Eh pien! puisqu'il lé faut, tiens voilà mon insigne,
Tremble, méchant danseur, tremble devant ce signe!! —

Déjà Nabot traqué dans son sale taudis,
Allait, pâle, abattu, gravement compromis,
Recevoir l'aspergès dont a besoin sa nuque
Et le bâton d'Osmard planait sur sa perruque,
Quand la guenille insigne exhibée à propos,
De son autorité désarme le héros.

Alors le visiteur renonçant à sa tâche,
D'un coup d'œil de pitié finit avec le lâche
Et se tournant d'un trait vers le double arlequin,
— A nous deux maintenant, dit-il au grand Flandrin.

* *Spitz bube :* trompeur, fripon; injure familière aux Allemands, ainsi que la suivante.

** *Verfluchter elender herl :* b... de damné, misérable!

— Voilà du bal souscrit le budget des dépenses ;
Tout allait pour le mieux en plaisirs et substances :
La musique à ravir aux cieux nous transportait,
Le vin avait du feu, le punch était parfait :
Jamais collation plus fine et délicate
Se vit dans le bon temps sur la table d'Hécate *
Reste à présent, convive, à payer votre écot...

— *Sacramente tarteiffle* **! *ô Jésus ! ô mein gott* *** !
Moi rien du tout devoir pour ce bal détestable,
Œuvre de Lucifer, forfait abominable.
Si j'ai souscrit à lui, c'était sous-entendu
Qu'au café du cousine il était attendu.
Avoir avec nous fait un cruel divorce,
Soulevé le pays contre légale force ;
S'être mis autre part en un flagrant délit,
Eh pien ! né rien devoir et donner mon dédit...

— Vous payerez, morbleu, sur votre signature :
La loi n'obligeait pas à danser dans l'ordure...

— Maudit soit à jamais votre infâme salon !
Quoi ! n'avoir pas dansé et payer lé fiolon ! ! !...
Le bischof et le punch, la mousse du champagne
Auront loin de mon nez fait un mât de cocagne,

* Déesse à qui l'on sacrifiait cent victimes à la fois
** Jurement.
*** *O Jesus ! ô mon Dieu!* Exclamations fréquentes en Allemagne.

Je n'aurai pas goûté de votre fin repas,
Et je devrais payer ! jé né payerai pas ! !...

— En ce cas par l'huissier un exploit de justice
Vous forcera, *Mener*, à boire le calice,
Et vous traînant contraint au pied du tribunal,
Je vous ferai payer dépens et capital...

(Flandrin se grattant l'oreille.)

— Détester les procès, moi n'aimer pas chicane
Et cent fois préférer qu'un débiteur me tanne
Au douleur de plaider si mon créance est vrai.
S'il faut donc que je paye, eh bien ! je payerai,
Mais si jamais un bal en Croutignach s'installe,
Avant que de signer, moi choisissant la salle,
Je dirai hautement : « Je veux le *Grand Café*,
Ou moi ne pas donner mon nom bien paraphé. »

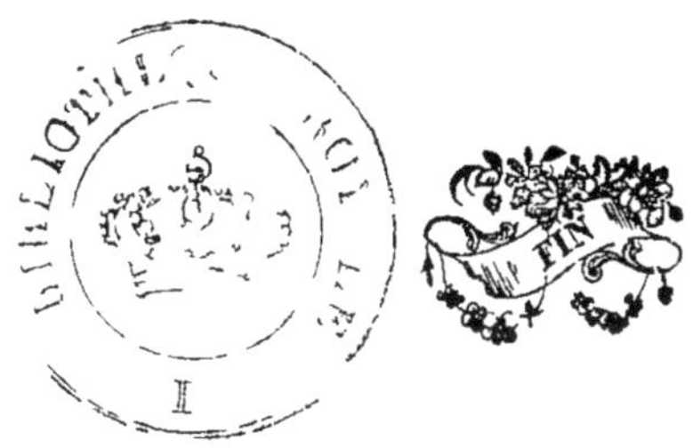

Grenoble, imprimerie de C.-P. Baratier.

www.ingramcontent.com/pod-product-compliance
Ingram Content Group UK Ltd.
Pitfield, Milton Keynes, MK11 3LW, UK
UKHW021944260726
13994UKWH00004B/1528

9 782019 926557